Weihnachtliche Wintermärchen

AF286530

Weihnachtliche Wintermärchen

Fantasy-Weihnachtsgeschichten

Christa Bohlmann

Bibliografische Information der Deutschen Bibliothek:

Die Deutsche Bibliothek verzeichnet diese Publikation in der

Deutschen Nationalbibliografie; detaillierte Daten sind über

<http://dnb.ddb.de> abrufbar.

2010 Christa Bohlmann

Titelfoto Dr. Michael Häckert

Herstellung und Verlag: Books on Demand GmbH.

Norderstedt

ISBN 9 783842 306523

www.bod.de

Inhalt

Vorwort

Im letzten Jahr besuchten mein Mann und ich am dritten Adventwochenende einen wunderschönen Weihnachtsmarkt in unserer Nähe. Wie auch in den Jahren zuvor suchten wir dort unseren Weihnachtsbaum aus und ließen uns anschließend verzaubern und verwöhnen. Auf dem Rückweg kam mir die Idee, eine Geschichte über eben diesen Markt zu schreiben. So erfand ich die Tannenhof-Mäuse. Schade, zu spät für mein Buch „Weihnachtliche Herzenswärmer" , denn das war bereits im Handel und hatte schon so manchen Leser begeistert. Spontan wurde ich mit dem Erreger des Schreibfiebers infiziert. Es hielt an, bis ich die Geschichten von Emma, Boomer, Ole, dem bösen Matze und weitere geschrieben hatte. Als sich das Frühjahr ankündigte, war ich zunächst vom Fieber geheilt, immerhin war der Grund-stock für die „Weihnachtlichen Wintermärchen" geschaffen. Einige Zeit später stieß ich auf ein zauberhaftes Foto einer Winterimpression und wurde durch dieses Bild animiert, Feodora zu erfinden.

Ich wünsche jedem Leser ein friedvolles Fest.

Feodora

Frohgelaunt sang der Mond leise vor sich hin: „Einmal werde ich noch wach, heißa dann ist …?" Plötzlich verstummte seine Stimme. Dann ist was? Wie sollte er das Ereignis benennen, auf das er sich schon seit einem Jahr freute? Das Ereignis, welches sich von Jahr zu Jahr wieder-holte und das ihm immer wieder den Atem raubte?

Es ist ein Ammenmärchen, dass jeder Novembertag trüb, regnerisch und grau – jede Novembernacht neblig und nasskalt ist. Morgen würde der Mond in voller Pracht am Himmel zu sehen sein, Voraussetzung dafür war allerdings ein klarer Blick zur Erde. Der Mond hatte schon einen wolkenverhangenen Himmel befürchtet und sich deshalb mit Petrus in Verbindung gesetzt. Nun hoffte der Vollmond ungeduldig auf die Erfüllung seines Herzenswunsches durch seinen Himmelskameraden, denn an diesem Tag wollte er nicht nur gesehen werden. Er selbst wollte sehen! Gelassen war der Vollmond nicht gerade, eher etwas zappelig vor lauter Spannung. Die Vorfreude auf freie Sicht auf die ganz besondere Lichtung im Wald war riesig. Das, was er gleich sehen würde, hatte ihm so manches Jahr im November das Herz erwärmt. Das Mondlicht schien fast mystisch auf die Lichtung und warf einen wundersamen Glanz auf die hohen Tannen. In der Mitte der Lichtung stand einsam und allein ein kleines, wunder-schön gewachsenes Tännchen: Feodora.

Kein Fuß von Mensch oder Tier hatte hier Spuren im Schnee hinterlassen. Ein eisiger, nicht zu starker Wind fuhr durch Feodoras Zweige und ließ sie zauberhaft erscheinen. Welch eine Grazie und Eleganz! Es schien, als leuchte jedes Schneeflöckchen auf Feodoras Zweigen im Mondlicht auf besondere Weise. Der Vollmond war einfach hin und weg. Gleich, gleich würde es passieren!

Und siehe da, gerade als der Wind erneut durch Feodora fuhr, neigten sich die unteren Zweige erst nach rechts und gleich darauf nach links. Es sah fast aus, als wolle Feodora Wiener Walzer tanzen. Der Mond seufzte tief, als das schneebedeckte Nadelkleid der kleinen Tanne ein wunderschönes junges Mädchen mit goldblonden Kringellöckchen frei gab, das sich eilig davon bewegte. Der Mond schaute genau nach und staunte, dass er auch jetzt keine Spuren im Schnee finden konnte. Feodora war geschwebt, da war er sich ganz sicher.

Es wurde Zeit für Feodora, sich auf den Weg zu machen, denn seit vielen Jahren unterstützte dieses anmutige Zauberwesen das Christkind bei der Arbeit.

Erst im Januar würde Feodora nach erfüllter Aufgabe an ihren Platz zurückkehren.

Egal ob als Tanne oder rechte Hand des Christkinds – Feodora war eine bezaubernde Erscheinung. Bei diesem Gedanken nickte der Vollmond ergriffen mit seinem Kopf und wischte sich vor Rührung eine Träne aus dem Augenwinkel.

Die Neugier

Die Neugier hatte beschlossen, dass es an der Zeit sei, sich neue Opfer zu suchen. Sie rief ihre Späher zusammen und beauftragte sie, Menschen mit dieser Untugend anzustecken. Bei Kindern gelang das am besten, denn Erwachsene waren neugierig oder auch nicht. Letztere ließen sich meistens nur schwerlich umstimmen. Otto war seit Jahren Beauftragter und Vertrauter der Neugier und konnte schon unzählige Menschen, meistens kleine, infizieren. Seit einiger Zeit hatte Otto die kleine zehn-jährige Sabine im Visier. Um sie wollte er sich zuerst kümmern, denn dieses Kind war auf-geweckt und interessiert. Es musste ihm gelingen, dieses Interesse in Neugier umzuwandeln. Der Zeitpunkt, zwei Tage vorm dritten Adventssonntag, kam ihm sehr gelegen.

Als Sabine aus der Schule kam, lauerte Otto an der Haustür und schlüpfte mit ins Haus. Er strich sanft wie ein kleines Kätzchen um ihre Füße. Obwohl er unsichtbar blieb, vermittelte er Sabine ein behagliches Gefühl. Langsam kletterte Otto an Sabines Hosenbein hoch und setzte sich auf ihre Schulter, nachdem die Kleine ihren Anorak ausgezogen hatte.

Listig, aber kaum hörbar flüsterte er Sabine ins rechte Ohr: „Na, mein Kind, was bringt dir denn der Weihnachtsmann?"

Verwundert schaute Sabine sich um, fand aber nicht die Quelle dieser Stimme. Otto hüpfte schnell auf die andere Schulter und machte sich erneut bemerkbar: „Sabinchen, glaubst du, dass deine Weihnachtswünsche erfüllt werden? Die

Puppe, die du dir so sehr wünscht? Meinst du, du wirst diese Puppe bekommen?"

Sabine seufzte tief. Ja, eine Puppe hatte sie sich von Herzen gewünscht und zwar eine ganz besondere. Ob der Weihnachtsmann sie bringen würde? Aber Weihnachtsmann? Seit einigen Wochen zweifelte sie an seiner Existenz. Wie sollte ein Weihnachtsmann es schaffen, am Heiligabend alle Kinder zu beschenken? Woher hatte der überhaupt das Geld, um all die Geschenke zu kaufen? Irgendwie war da der Wurm drin. Wenn das man nicht nur ein Märchen war.

Otto hatte ihre Zweifel bemerkt und nutze umgehend die Gelegenheit, ihr ins Ohr zu flüstern: „Schau mal nach, Sabine! Neulich habe ich gesehen, wie deine Mutter mit einer großen Tüte ins Haus ging. Bestimmt war die Puppe für dich darin, ich bin ziemlich sicher! Finde das Versteck, los, los!"

Suchend schaute Sabine sich um, entdeckte aber keine Menschenseele. Erst in gut einer Stunde würde ihre Mutter wieder von der Arbeit zurück sein, also blieb ihr Zeit genug für die Suche nach der Puppe. Sollte sie nun oder sollte sie sich nicht umsehen?

„Beeile dich, Sabine. Wo könnte deine Mutter das Geschenk versteckt haben? Im Kleiderschrank vielleicht? Oder unter dem Bett? Fang an, noch bist du allein!"

Mit einem Satz sprang Otto auf die Fensterbank und beobachtete Sabine, die sich tatsächlich anschickte, in Mutters Schränken zu kramen. Ein ganz gutes Gewissen hatte sie wirklich nicht dabei. Noch suchte sie vergeblich, aber dennoch intensiv. Mit geröteten Wangen holte sie sich einen Stuhl, setzte ihn vor die geöffnete Schranktür, um einen besseren Überblick über die oberen Regalböden zu bekommen.

Schließlich wurde sie hinter einem Stapel von Mutters Pullovern fündig. In einer Plastiktüte lag ihre Traumpuppe. Verwegen rieb Otto sich die Hände und versuchte festzustellen, ob bei Sabine die Vorfreude oder ein schlechtes Gewissen auszumachen war.

Die Freude empfand Sabine nur so kurz wie einen Wimpernschlag. Hastig legte sie die Puppe an ihren Platz zurück, denn sie bekam ein fürchterliches schlechtes Gewissen und schämte sich sehr. Allerdings war sie um eine Erkenntnis reicher geworden: Die Märchen vom Weihnachtsmann konnte sie getrost vergessen.

Feixend hüpfte Otto noch einmal auf Sabines Schulter und hauchte lobend: „Das hast du fein gemacht, meine Kleine!" Er fühlte sich sicher, dass Sabine in Zukunft neugierig sein würde und machte einen Haken hinter ihrem Namen auf seiner Liste. Voller schlechter Gedanken machte er sich auf den Weg ins Nachbarhaus. Ob er auch bei Felix ein so leichtes Spiel haben würde?

Ohne Ottos Beeinflussung durchsuchte Sabine noch häufiger die Schränke nach Geschenken. Sie fand noch ein großes und ein kleines Päckchen in Geschenkpapier eingewickelt. Obwohl sie so neugierig war, fehlte ihr zuerst der Mut, die Päckchen zu öffnen. Einmal versuchte sie, den Klebestreifen zu lösen. Schnell verwarf sie diese Idee, nachdem sie bereits ein kleines Löchlein ins Papier gerissen hatte. Ihr blieb also nichts anderes übrig, als bis zur Bescherung zu warten.

Am Heiligabend konnte sich Sabine gar nicht so recht über die Puppe freuen, die exakt ihrem Lieblingswunsch entsprach. Es war eben keine Überraschung mehr für sie. Dennoch heuchelte sie große Freude, um ihre Eltern nicht zu enttäuschen.

Sabine nahm sich vor, niemals wieder neugierig zu sein und ließ Otto entschieden abblitzen, als der noch einmal erschien, um eine Portion Schlüssellochguckerei nachzuliefern.

Emma

Sinnend saß Emma auf ihrem Lieblingsplatz und
ließ die Gedanken an einen schönen Sommer
und Herbst noch einmal Revue passieren. Wie
hatte sie diese Zeit mit ihren Freundinnen und
Freunden doch genießen können. Ein sorgloses
Leben konnten sie führen, denn für reichlich
Essen und Trinken war gesorgt und ihre Unter-
kunft war recht komfortabel.

Jetzt wurden die Tage merklich kürzer und die
Temperaturen fielen manchmal schon in den
Minusbereich. Emma seufzte tief, denn sie ahnte
schon, was bald wieder auf sie zukommen
würde - sicherlich die gleiche Prozedur, wie in
den letzten Jahren. Und genau das ließ Emma
auf trübe Gedanken kommen. In diesem Jahr
wollte sie auf der Hut sein und nicht mit an-

sehen, wie ihre Freunde plötzlich in eine ihr unbekannte Zukunft gingen. Auch wenn die Hektik noch so groß sein sollte, sie wollte sich nicht von ihren Freunden trennen lassen. In diesem Jahr bestimmt nicht! Denn sonst wäre sie wieder dazu verdammt, den Winter mit mit Luzie, der alten Schnatterliese, Gesine, der dummen Gans und dem scharfen Gustav zu verbringen, um sich zusammen mit ihnen um Nachwuchs kümmern. Fünfzig gute und junge Freundinnen und Freunde waren schließlich mehr wert als drei, die ihr schon lange auf den Geist gingen. Emma war fest entschlossen: Beim großen Aufbruch wollte sie bei den Anderen bleiben, egal, wohin deren Weg führte.

Emma hatte richtig vermutet, denn bereits zwei Tage später war es soweit. Alle reagierten hektisch und ließen sich von der großen Aufregung anstecken. Entschlossen heftete sich Emma an Gilas Fersen, die ihr in diesem Sommer die liebste Freundin geworden war.

Plötzlich griffen zwei starke Hände nach Emma und zerrten sie aus dem großen Gewühle und Gedränge heraus. Liebevoll strich jemand über Emmas Kopf und die hörte die Worte: „Du doch nicht, meine liebe Emma! Schon vor sieben Jahren habe ich dir versprochen, dass du niemals als Weihnachtsgans auf einem Teller landen wirst!"
Und die Gans Emma wusste nicht, was das zu bedeuten hatte.

Weihnachten

Markt und Straßen stehn verlassen
still erleuchtet jedes Haus.
Sinnend geh ich durch die Gassen,
alles sieht so festlich aus.

An den Fenstern haben Frauen
buntes Spielzeug fromm geschmückt.
Tausend Kindlein stehn und schauen,
sind so wunderstill beglückt.

Und ich wandre aus den Mauern
bis hinaus ins freie Feld.
Hehres Glänzen, heilges Schauern
wie so weit und still die Welt.

Sterne hoch die Kreise schlingen

Aus des Schnees Einsamkeit

Steigts wie wunderbares Singen

O du gnadenreiche Zeit.

Joseph von Eichendorff

Markt und Straßen...

Unermüdlich lernten die achtjährigen Zwillinge Svenja und Moritz heimlich ein Weihnachtsgedicht auswendig. Einige Passagen daraus waren ihnen nicht klar verständlich und so übten sie ganz freiwillig seit Stunden: „Markt und Straßen stehn verlassen", bis sie endlich meinten, sicher zu sein. Damit wollten sie nicht den Weihnachtsmann, sondern auch ihre Eltern und Großeltern am Heiligabend beeindrucken.

Ihre Mutter bereitete das traditionelle Festtagsessen: Gänsebraten mit Rotkohl und Klößen und hatte somit alle Hände voll zu tun. Der Vater befestigte den Weihnachtsbaum im Ständer und begann, den Baum zu schmücken. In gut einer Stunde würden die vier Senioren eintreffen und bis dahin sollte alles perfekt sein.

Für den Mischlingshund Boomer hatte keiner Zeit, denn jeder war auf seine Weise beschäftigt. Schon mehrfach hatte Boomer sich lautstark bemerkbar gemacht, weil er dringend sein Geschäft machen musste. Endlich hatte jemand sein Anliegen erkannt und ihn wenigstens vor die Tür gelassen. Boomer war ein hübscher Kerl. Nicht nur die Farbe seines Fells, sondern auch die Haarlänge ließen erkennen, dass ein Schäferhund bei seiner Zeugung beteiligt war. Seine Beine waren eher dackelähnlich, nämlich ziemlich krumm, allerdings einige Zentimeter länger als die eines Dackels. Seine Kopfform und sein Gesicht zeugten von der Beteiligung eines Terriers. Boomer war's egal, seine Familie liebte ihn so wie er war. Nur heute nicht, anscheinend hatten ihn heute alle vergessen.

Sicher würde der Vater seines Herrchens gleich wieder Boomers Kopf in die Hände nehmen und ihn knuddeln was das Zeug hielt. Das machte der immer so und Boomer gefiel es, wenn er dann sagte: „Ach, was bist du doch für ein lieber Hund!"

Jetzt saß Boomer schon zwanzig Minuten lang in der Kälte im Schnee und niemand öffnete ihm die Tür, um ihn wieder ins Haus zu lassen. Gassigehen würde scheinbar ausfallen, stellte Boomer traurig fest. Weshalb sollte er nicht allein Gassi gehen? Er zwängte sich durch das Gartentor und lief den Weg, den er abends gewöhnlich mit Herrchen oder Frauchen ging. Aber was war das? Heute war alles so ganz anders als sonst.

Ihm kamen die Worte in den Sinn, die er heute bereits unzählige Male von Svenja und Moritz hören musste: „Markt und Straßen stehn verlassen, still erleuchtet jedes Haus". Ja, es stimmte. Die Straßen waren nahezu menschenleer, die Geschäfte geschlossen und es gab keinerlei buntes Treiben mehr auf dem Marktplatz. Sinnend, aber auch enttäuscht und traurig ging Boomer durch die Gassen und stellte fest, dass tatsächlich alles festlich aussah. Die weihnachtliche Straßenbeleuchtung und die bunt geschmückten Fenster fielen ihm erst jetzt auf. In den Tagen zuvor hatte er das im Gedränge der Menschen überhaupt nicht wahrnehmen können. In den Fenstern sah er Sterne, Weihnachtsmänner, Christkinder, Engel, Rentiere mit Schlitten oder auch ohne und fast alles war auch noch hell beleuchtet.

Boomer wurde ganz stimmungsvoll um sein Hundeherz und er lief etwas bergauf bis er am

Stadtrand das freie Feld vor sich liegen sah. Er nahm sich kaum Zeit, um andere Hundespuren zu erschnuppern, die gerade im Schnee gut zu finden waren. Von hier oben sah er, wie weit und still die Welt doch sein konnte. Als er den Glanz der festlichen Beleuchtung seiner Stadt im Tal wahrnahm, lief ihm ein ungewöhnlicher Schauer über den Rücken. Er setzte sich ein Weilchen, hob den Kopf, um die Sterne zu zählen. Nur ein einsamer Boomer mit rotem Halstuch mitten im Schnee! Er konnte, so sehr er sich auch bemühte, keine andere Menschen- oder Hundeseele ausmachen.

Besinnlich erhob sich Boomer, bereit, den Heimweg anzutreten. Jetzt wollte er unbedingt zurück zu seiner Familie und er war sicher, dass man ihn inzwischen vermisst hatte. Das erste Stück rannte er auf seinen krummen Beinen, doch als er wieder in der Stadt angekommen war, lief er bedächtig und ergriffen weiter.

Täuschte er sich, oder drang tatsächlich ein wunderbarer Gesang aus einigen Häusern. Ihm wurde ganz warm uns Herz, als auch noch die Glocken der Kirche zu läuten anfingen.

Durch die Stille drangen plötzlich aufgeregte Stimmen an sein Ohr: „Boomer! Boomer, wo bist du? Boomer komm her!"

Seine Familie hatte sein Verschwinden zum Glück doch bemerkt. Das letzte Stück rannte er wieder, um endlich in die warme Stube zu kommen.

Alle waren erleichtert, als Boomer mit einem „Wuff-wuff" durch die Eingangspforte sprang.

Der Vater seines Herrchens nahm Boomers Kopf in beide Hände und knuddelte ihn, bis die Ohren flogen, so wie er es gern hatte. Wie sehr genoss er die Worte: „Ach, was bist du doch für ein lieber Hund!"

Die Familie hatte mit der Bescherung und dem Essen gewartet, denn vorrangig war es, Boomer wiederzufinden.

Svenja und Moritz konnten jetzt nicht länger warten und sagten endlich ihr Gedicht auf: „Markt und Straßen stehn verlassen...".

Fehlerfrei trugen sie die Strophen abwechselnd vor, dieses Mal sogar mit der richtigen Betonung.

Einige Worte waren Boomer nicht geläufig, denn zuvor hatte er sie nie gehört: „wunderstill beglückt" und „hehres Glänzen" zum Beispiel. Das musste wohl eine ganz moderne neue Sprache sein! Aber eine schöne!

Kleine Tannen werden groß

Schon seit mehr als zehn Jahren wuchsen auf den Feldern des Landwirts nur noch Tannenbäume, die er den Kunden zum Weihnachtsfest anbot. Tannen überall dort, wo früher Getreide, Kartoffeln oder Rüben gediehen.

Jedes Jahr im März und April nutzte er die Zeit, um die Felder aufzuräumen und kleine Tannen nach oder auch neu zu pflanzen. Die meist dreijährigen Jungpflanzen bezog er aus einer Baumschule.

In diesem Frühjahr konnte er gleich eintausend Pflänzchen nachbestellen. Als die Setzlinge geliefert wurden, waren die tausend Pflanzlöcher bereits vorbereitet. Es bedeutete viel Arbeit, die Lücken auf der Plantage zu schließen und ein weiteres Feld neu zu bepflanzen.

Eine Pflanze blieb übrig. Der Landwirt wusste nicht genau, ob er sich verzählt hatte oder ob dieses kümmerliche Bäumchen tatsächlich zuviel geliefert wurde. Er schüttelte den Kopf, als er den Winzling ebenfalls in die Erde setzte und war sich nicht sicher, ob er je so gedeihen würde wie die anderen Tannen auf seinem Hof. Gerade dieses Pflänzchen hatte nicht den idealen Standplatz erwischt, denn in seiner Nachbarschaft wuchsen bereits stattliche Tannen.

Obwohl der Landwirt seine Tannenfelder im Sommer nahezu unkrautfrei hielt, versuchten einige Gräser, stärker als das kleine Tännchen zu sein und verdeckten es beinahe.

Eine achtjährige Tanne, die dicke Berta aus der unmittelbaren Nachbarschaft, machte sich über die Kleine lustig und tratschte mit ihrer Nachbarin, der schlanken Else: „Schau mal, was ist das denn für ein Bonsai? So eine wie die, wird wohl nie ein Weihnachtsbaum werden!" Auch Else lästerte: „Wir nennen die Miniausgabe Bonnie, aber sie hört uns da unten ja sowieso nicht. Wir können ruhig über sie herziehen." Der lange Eugen mischte sich ebenfalls ein. Allerdings war er der kleinen Bonnie eher freundlich gesonnen: „Was hat sie euch getan, gebt ihr doch eine Chance. Denkt daran, auch ihr ward mal klein. Immerhin ist sie auch eine Nordmann, so wie wir. Und so wie ihr geht man nicht mit Verwandten um."

Die Frauen ließen ihn reden und taten im Laufe der nächsten Monate alles dafür, um Bonnie Luft und Licht zu nehmen, obwohl sie beides so dringend zum Wachsen benötigte. Nur der lange Eugen bog sich im Wind extra zur Seite, damit Bonnie eine Portion Sonnenstrahlen oder auch

Regen ergattern konnte. Der kleinen Bonnie tat es sehr weh, denn sie verstand alles, was ihre Nachbarinnen Lästerliches über sie erzählten. Weshalb gönnten sie ihr nichts? Sie hatte ihnen doch nicht Böses getan!

Eine Nordmanntanne wächst durchschnittlich im Jahr um zwanzig Zentimeter. Bonnie hatte es wegen mangelnder Durchsetzungskraft und fehlendem Selbstbewusstsein lediglich nur auf klägliche zehn Zentimeter gebracht.

Als der Landwirt in den ersten Dezembertagen mit der Tannen-Ernte begann, fielen auch die dicke Berta, die schlanke Else und der lange Eugen der Axt zum Opfer und sahen einer ungewissen Zukunft entgegen.

Nach dem Schlagen dieser Bäume fand der Bauer Bonnie wieder, die er den Sommer über total vergessen hatte. Sorgfältig befreite er die

Vergessene von Unkraut und Gräsern, die Bonnie die nötige Nahrung genommen hatten. Behutsam strich er über Bonnies Zweige, als hätte er etwas wiedergutzumachen. Er sah, dass sie trotz aller Widrigkeiten ganz ebenmäßig gewachsen war. Jetzt lag eine bessere Zukunft vor Bonnie, denn der Landwirt hatte sie ins Herz geschlossen und verhätschelte sie liebevoll. In ein paar Jahren würde er sich als Ausgleich für die Vernachlässigung gerade diesen Baum in seine Stube stellen.

Übrigens fiel die schlanke Else dem Kunden beim Abtransport vom Wagen. Der hatte sie mit glasigen Glühweinaugen nicht richtig auf dem Autodach festgeschnallt und verlor sie unterwegs. So kam er ohne Baum zuhause an und seine Frau machte sich auf den Weg, um einen Ersatzbaum auszusuchen.

Der lange Eugen staunte nicht schlecht, als er mit einem Spanngurt durch die offenen Fenster auf dem Autodach befestigt werden sollte. Auf die Frage des Landwirts, ob es den Kindern auf den Rücksitzen nicht zu kalt sei, antwortete der Käufer: „Nöö, das sind doch nur knapp vierzig Kilometer!" Dabei bekam sogar Eugen ein schlechtes Gewissen, obwohl ihn keine Schuld traf.

Nur ganze zehn geschlagene Bäume hatten bis zum Heiligabend keinen Käufer finden können und blieben traurig auf dem Tannenhof liegen. Eine von ihnen war die dicke Berta. Sie war eben einfach zu dick.

Oles Weihnachtswunsch

Ole seufzte tief vor sich hin. Er langweilte sich
fürchterlich, denn keiner war da, um mit ihm zu
spielen. Der Vater des Siebenjährigen war noch
in seiner Zahnarztpraxis beschäftigt und würde
erst in ein paar Stunden wieder zuhause sein.
Sonst war Oles Mutter wenigstens nachmittags
für ihn da, aber sie musste in der Praxis ein-
springen, weil sich eine der Angestellten die
Hand gebrochen hatte. Seit Oles große
Schwester Nele einen Freund hatte, blieb ihr
weder Lust noch Zeit, mit dem Bruder zu
spielen. Seitdem dieser blöde Olli ins Haus kam,
konnte er mit Nele ohnehin nichts mehr anfangen. Die verdrehte ihre Augen immer so
komisch, wenn sie Olli sah und schloss sich mit
ihm in ihrem Zimmer ein.

Ja, Tammo und Mats, die Brüder aus der Nachbarschaft, die hatten es gut. Die hatten einen lieben Opa, der jeden Tag mit ihnen spielte. Der war immer so lustig und meckerte nie rum. Manchmal war Ole richtig neidisch, wenn er sah, dass der Opa die Brüder auf dem Schlitten zog oder einen Schneemann mit ihnen baute. Auch im Sommer tobte der mit Tammo und Mats auf dem Rasen herum oder spielte Fußball mit ihnen. Manchmal durfte auch Ole mitspielen, aber eben nur manchmal. Genau so einen Opa wünschte Ole sich auch, aber wie könnte er so einen bekommen?

Am nächsten Tag verließen sich die Eltern wieder darauf, dass Nele sich mit Ole beschäftigen würde. Doch die dachte nicht daran. Zumindest nicht mehr, seitdem Olli an der Haustür geklingelt hatte.

Ole zog sich seine dicke Jacke an und zerrte die Mütze über die Ohren, denn es war fürchterlich kalt. Er wollte sich auf die Suche nach einem Opa machen. Einen, der so lieb und nett wie der von Tammo und Mats war. Mit der Straßenbahn fuhr Ole zunächst in die Innenstadt und stieg in der Nähe des großen Weihnachtsmarktes aus. Da müsste doch bestimmt ein Opa zu finden sein.

Es war schon ziemlich schummrig draußen und plötzlich bekam Ole Angst vor seiner eigenen Courage.

Doch egal, wenn er nichts dafür tat, würde auch nicht von allein ein Opa ins Haus flattern. Ole beäugte die Männer mit kritischen Augen. Etliche standen mit einem Glas in der Hand an der Glühweinbude. Einige von ihnen lachten laut und benahmen sich eigenartig. Wenn er es recht überlegte, war hier kein Exemplar zu finden. Andere Männer gingen mit einer Frau an ihrer Seite über den Markt. Aber eine Oma? Mit seiner Mama und Nele gab es schon genug Frauen im Haus. Wohin er auch sah, ihm fiel kein Opa auf, der seiner Vorstellung entsprach. Vielleicht sollte er es einmal auf dem Bahnhof versuchen. Möglicherweise würde ihm dort der ideale Opa über den Weg laufen. Unterwegs überlegte er schon einmal, wie er den Auserwählten überzeugen konnte, dass er gerade der Richtige war. Doch zunächst müsste er erst ein-mal einen finden.

In der großen Bahnhofshalle schaute Ole sich suchend um. Doch die Menschen hetzten zum Bahnsteig, um ihren Zug zu erreichen oder sie kamen aus entgegengesetzter Richtung und hatten es ebenso eilig. An der Informationstafel stand einer, den er in die engere Wahl ziehen könnte. Doch gerade, als Ole sich dem Fremden näherte, schnappte der sich seinen Koffer und rollte damit davon. Ein Servicebeamter hatte Ole schon eine Weile beobachtet. Was um alles in der Welt suchte der Knirps, der keineswegs wie ein Herumtreiber aussah, hier so ganz allein?

„Na, Kleiner! Kann ich dir helfen? Du suchst doch etwas, oder?", sprach er Ole freundlich an. Ehrlich antwortete Ole: „Ich suche einen Opa!"

„Deinen Opa? Wolltest du ihn abholen? Wann kommt denn sein Zug an? Und aus welcher Stadt kommt er?" Der Beamte beugte sich zu Ole herunter und schaute in dessen offenen Augen.

„Mein Opa wohnt doch in Australien. Ich suche einen anderen. Einen von hier!"

„Komm mal mit und sag mir mal deinen Namen. Ich glaube, ich kann dir helfen! Aber Züge aus

Australien kommen hier nicht an." Er nahm Ole an die Hand und zog ihn mit in Richtung Service-Point, um eine Lautsprecheransage zu machen. Gleich hallte es durch die Bahnhofs-halle: „Der kleine Ole sucht seinen Großvater. Er wartet hier am Service-Point auf Abholung." Ole schüttelte den Kopf und riss sich los, um davon zu rennen. Mann, war der doch dumm! Er suchte doch einen Opa und nicht seinen Opa aus Australien!

Bislang war Oles Opa-Sucherei wenig erfolg-versprechend verlaufen. Sollte er etwa schon aufgeben? Vielleicht sollte er es noch einmal im Kaufhaus versuchen. Viel Zeit hatte er nicht mehr, denn irgendwann würde sein Ver-schwinden zuhause auffallen.

Als Ole das Kaufhaus betrat, fiel sein Blick sofort auf einen Weihnachtsmann, der im

Eingangsbereich die Kinder beschenkte. Dieser Weihnachtsmann sah richtig gütig aus und seine Augen blitzen lustig zwischen Bart und Kapuze. Er trug einen dunkelroten Samtmantel, der fast zum Kuscheln einlud. Mit tiefer, freundlicher Stimme sprach er Ole an: „Na, mein Junge, was wünscht du dir denn vom Weihnachtsmann? Du bist doch sicher immer brav gewesen!"

Es tat Ole sehr gut, seine kleine Hand in der des Weihnachtsmannes zu wissen. Endlich konnte er seinen Wunsch an der richtigen Stelle loswerden und antwortete kess: „Ich wünsche mir einen Opa!"

„Einen Opa?", fragte der Weihnachtsmann und Ole konnte nicht sehen, wie die rote Gestalt unter dem Bart schmunzelte.

„Ja! So einen wie Tammo und Mats haben. Einen Opa, der mit mir spielt und Zeit für mich hat. Einen, den ich richtig lieb haben kann. Ich hab zwar einen, aber der wohnt ganz weit weg, in Australien nämlich. Aber ich will einen Opa, der immer für mich da ist, oder meistens!"

Dem Weihnachtsmann gingen zwei Gedanken durch den Kopf. Erstens war es inzwischen dunkel geworden und das Kind war offensichtlich allein unterwegs. Und zweitens? Könnte er nicht Opa für den süßen Fratz werden? Zeit genug hatte er und Kinder liebte er über alles – nur hatte er leider keine eigenen Enkel. Er fragte Ole nach seiner Adresse und beschloss, ihn nach Hause zu begleiten, denn er hatte ohnehin schon Feierabend. Unterwegs unterhielten sich die beiden angeregt und Ole plauderte aus, was ihn bewegte.

Oles Eltern waren bereits in heller Aufregung, seit sie sein Verschwinden bemerkt hatten. Sie waren sehr erleichtert, als der Weihnachtsmann ihren Sohn persönlich wohlbehalten ablieferte. Ole bemerkte nicht, dass die beiden Männer noch ein Gespräch unter vier Augen führten. Der Weihnachtsmann, im richtigen Leben Reporter im Ruhestand, bot tatsächlich an, Opa auf Probe zu werden. Nur so – aus Spaß an der Freude, denn er hatte Ole schnell ins Herz geschlossen. Für sich selbst sah er den Vorteil, seine Freizeit sinnvoll verbringen zu können. Nachdem sich der sympathische Weihnachtsmann verabschiedet hatte, berieten Oles Eltern und kamen schnell zu dem Entschluss, einen Versuch mit dem Ersatz-Opa zu starten. Am nächsten Tag trichterten sie Nele ein, besser auf ihren kleinen Bruder aufzupassen.

Eine Woche später war Heiligabend und Ole
wartete ungeduldig auf die Bescherung. Vor
Aufregung hatte er nicht bemerkt, dass fünf Ge-
decke für das Abendessen bereit standen. Der
Vater filmte Oles unsagbare Freude über seinen
erfüllten Weihnachtswunsch: Ein Opa, dessen
Augen Ole irgendwie sehr vertraut waren.

Stolz wie ein kleiner Spanier saß Ole auf dem
Schlitten, als sein neuer Opa ihn am ersten
Weihnachtstag durch den Schnee zog. Glücklich
winkte er Tammo und Mats zu, die ihnen unterwegs begegneten. Dabei hatte der ein Jahr ältere
Tammo Ole weismachen wollen, dass es gar
keinen Weihnachtsmann gab.

So ein Blödsinn! Woher hätte er sonst wohl
diesen tollen Opa bekommen!

Weihnachtsmann in spé

Heiner Zimmerling saß trotz eisiger Kälte schon eine ganze Weile an der Bushaltestelle vor der Schule. Fast etwas wehmütig schaute er auf das alte Schulgebäude, in dem er gut drei Jahrzehnte lang unterrichtet hatte. Seit zwei Jahren war er nun Ruheständler, und so manches Mal vermisste er den Schultrubel, der ihn sein halbes Leben lang umgeben hatte. Lehrer – das war damals sein Traumberuf gewesen. Ihm war es immer gelungen, ein gutes und verständnisvolles Verhältnis zu seinen Schülern zu haben. Strenge, wenn es sein musste und Fürsorge, da wo sie angebracht erschien – er hatte stets ein gutes Händchen bei der Erziehung der Kinder bewiesen.

Eine Horde Erstklässler strömte lärmend aus dem Schulgebäude. Einige der Kinder machten sich zu Fuß auf den Heimweg, andere wurden von ihren Eltern abgeholt und fuhren bequem und sicher im Auto nach Hause. Etwa zehn Schülerinnen und Schüler drängten sich in den Bus, der mit seiner jungen Fracht davon brauste. Zimmerling wollte noch einen Augenblick weiter in seinen Erinnerungen schwelgen und entschied sich, den nächsten Bus zu nehmen.

Es erschien noch ein Nachzügler, der Kurs auf die Bushaltestelle nahm. Heiner Zimmerling fiel gleich auf, dass dieser Kleine Probleme haben musste, denn er wischte sich mit dem Ärmel seines Anoraks verstohlen, aber auch wütend, ein paar Tränen aus den Augenwinkeln. Er schimpfte unverständliche Worte vor sich hin und Zimmerling meinte, sogar ein paar

Schimpfworte gehört zu haben. Der ehemalige Lehrer sprach den Schüler freundlich an: „Na, mein Junge, worüber hast du dich denn heute so geärgert?"

Wutschnaubend antwortet der Kleine: „Der Benny aus der Vierten, der ist ganz blöd. Er hat mir ein Bein gestellt und ich bin hingefallen. Der verhaut immer die Jungen aus meiner Klasse. Der ist ganz blöd!"

Weil der Kleine genau wusste, dass er jetzt einen Zuhörer hatte, ließ er all seinen Frust ziemlich lautstark heraus. „Sag mal, wie heißt du denn?", wollte Zimmerling wissen. Schniefend antwortete der Gefragte: „Ich heiße Leon. Aber der Benny ist ein richtiges Schw...!"

Behutsam legte Zimmerling seinen Arm um Leons Schultern und tröstete:

„Jetzt bist du sicher. Ich bin nun bei dir und es ist kein Benny zu sehen. Hör zu, ich sage dem Direktor Bescheid. Dann wird Benny bestimmt aufhören, die kleinen Jungen zu verhauen. Einverstanden?" Erstaunt fragte Leon seinen Beschützer: „Ist das nicht petzen? Darfst du denn petzen?"

„Weißt du, ich war früher auch Lehrer in dieser Schule und kenne den Direktor sehr gut. Er wird es nicht dulden, dass in seiner Schule geprügelt und gequält wird. Er wird für den Hinweis dankbar sein. Petzen ist das nicht! Keine Angst, ich werde dich nicht verraten."

Heiner Zimmerling war es nicht entgangen, dass Leon ein Kind aus „gutem Haus" sein musste. Das konnte er dank seiner Menschenkenntnis und nicht zuletzt an der Ausstattung des Kindes unschwer erkennen.

Als der nächste Bus in Sichtweite war, stand Leon auf und wollte sich von dem freundlichen Herrn verabschieden. Der aber stellte fest: „Ich glaube, wir haben den gleichen Weg. Wir können uns dann ja unterwegs noch etwas unterhalten, was meinst du?"

Leon hatte sich inzwischen einigermaßen beruhigt. Bald saßen beide im Bus nebeneinander und es entwickelte sich ein angeregtes Gespräch von Mann zu Männlein. Zimmerling fragte Leon: „Was willst du denn mal werden, wenn du groß bist?" Wie aus der Pistole geschossen antwortete Leon: „Weihnachtsmann!"

Zimmerling versuchte, seine Verwunderung über den ungewöhnlichen Berufswunsch zu verbergen und bohrte noch etwas weiter:

„Weihnachtsmann? Wie kommst du auf diese Idee?"

„Ich habe neulich den Weihnachtsmann gesehen und der war schon ganz schön alt. Glaub mir, das war der Echte! Der hatte einen ganz schönen Mantel an und einen richtigen Bart. Nicht so einen nachgemachten! Aber der Weihnachtsmann hatte schon ganz viele Falten im Gesicht. Lange kann er das nicht mehr machen, das ist doch viel zu anstrengend. Hoffentlich schafft er das noch solange, bis ich groß bin!"

In Leons Worten lag Entschlossenheit und Überzeugung.

„Dann musst du ja noch ganz viel lernen", warf Zimmerling ein. „Ich weiß", antwortete Leon.

„Ich hab mir das schon alles genau überlegt. Ich muss gut lesen können, damit ich die

Wunschzettel der Kinder lesen kann. Und schreiben auch, denn ich muss bestimmt manchen Kindern einen Brief schreiben. Ja, und ich muss auch gut rechnen können, damit ich weiß, wo ich am besten die Geschenke kaufen kann. Und Sport! Ganz schnell laufen ist doch auch wichtig. Ich kann bestimmt schon jetzt schneller laufen als der Weihnachtsmann."

Zimmerling hörte interessiert zu und nickte zwischendurch mehrfach heftig, unterbrach Leons Redefluss aber nicht.

Der fügte noch hinzu: „Weihnachtsmann ist genau richtig, dann kann ich bestimmt ganz lange Urlaub machen. Viele Monate lang sogar."

Gerade als Herr Zimmerling antworten wollte, rief Leon: „Oh! Nächster Halt Wiesenweg. Da muss ich aussteigen. Tschühüß!"

In der Tür drehte er sich noch einmal um und sagte mit entschlossener Stimme: „Und dem Benny, dem bringe ich nichts! Gar nichts!" Sprachs und war bald außer Sichtweite. Zimmerling hätte eigentlich schon zwei Haltestelle eher aussteigen müssen. Doch er hatte gern einen Umweg gemacht. Die Zeit mit Leon war keine verlorene Zeit für ihn gewesen.

Petrus und Petrella

Vor vielen, vielen Jahren wurde Petrus die Schlüsselgewalt für den Himmel verliehen. Seitdem entschied Petrus darüber, wer das Himmeltor passieren durfte, egal in welche Richtung. Ebenso lange schon gestaltete Petrus das Wetter. Seit einiger Zeit machte er sich allerdings große Sorgen wegen der Erderwärmung und möglicher Folgen.

Aus diesem Grund lud er zu einem Workshop ein. Er plante einen Gedankenaustausch der Experten, denn es konnte nicht schaden, sich mit den Ideen anderer Spezialisten vertraut zu machen.

Nachdem er die Gesprächsrunde eröffnet hatte, staunte er nicht schlecht, dass er aus der Gruppe der „jungen Wilden" auf erheblichen Widerstand

traf. Enttäuscht hörte er ‚wie die „Immer-alles-
besser-Wisser" hinter seinem Rücken flüsterten:

„Das Wetter macht Petrus schon lange nicht
mehr, das machen eindeutig die vom Fernsehen"
oder „Der Greis ist doch viel zu alt. Er sollte die
Verantwortung endlich in jüngere Hände
geben". Wortführerin dieser aufmüpfigen
Gruppe war Petrella. In Petrus Augen fehlte es
dieser Petrella noch an Erfahrung, denn sie war
ein paar hundert Jahre jünger als er.

„Gib mir wenigstens Mitspracherecht bei der
Wettergestaltung, wenn du mir die Ent-
scheidungsgewalt schon nicht übertragen
magst", forderte sie mit entschlossener Stimme."

„Du kannst mir über die Schulter schauen, wenn
ich Sonne und Regen, Hochs und Tiefs verteile",
bot Petrus freundlich und gütig an.

„Lass mich wenigstens das Deutschland-Wetter gestalten", bat Petrella hartnäckig und drehte die Erdkugel, um zu demonstrieren, wie bescheiden sie doch war. „Dann kann ich in diesem kleinen Land doch einmal üben!"

„Das geht nicht", entgegnete Petrus. „Von der Küste bis zum Alpenrand gibt es an einem Tag oftmals vier oder noch mehr verschiedene Wetterlagen. Versteh doch, Petrella, die Wettergestaltung muss in einer Hand liegen und zwar in meiner."

„Wenigstens Norddeutschland und auch nur jeden zweiten Tag", bat Petrella inständig.

Da Petrus in der Tat manchmal überlastet war, konnte er ein wenig Hilfe gut gebrauchen. Weshalb sollte er es nicht einmal mit Petrellal versuchen? Jeden zweiten Tag und nur Norddeutschland – da konnte doch kaum etwas aus dem Ruder laufen. Auf diese Weise zeigte er sich wenigstens auch etwas kooperativ. Seine Zustimmung könnte die Wogen bei den Aufmüpfigen eventuell wieder etwas glätten. Das Abstimmungsergebnis der Teilnehmer fiel eindeutig aus: Ab 15. Dezember durfte Petrella probeweise jeden zweiten Tag das Wetter in Norddeutschland gestalten. An jedem ungeraden Tag lagen die Wettergeschehen in ihrer Hand, an den geraden Tagen überließ sie es absprachegemäß Petrus. Wenn dem vorher bekannt gewesen wäre, wie sehr Petrella kalte Temperaturen verabscheute, wäre seine Entscheidung vermutlich anders ausgefallen.

Am ersten Tag bestellte Petrella Temperaturen um zwölf Grad und Wind aus Südwesten. Das hatte zur Folge, dass es zunächst regnete. Feiner Nieselregen vermieste den Menschen die gute

Laune und vor allem auch ihre Adventsgefühle. Der Tiefausläufer schickte sich an, sich auf dem Atlantik einzukringeln. Die Schneeglöckchen und Krokusse steckte neugierig die ersten Blättchen aus der Erde und wunderten sich über die frühe Störung ihrer Winterruhe. Da Petrella in den Nächten kaum Abkühlung gewährte, fühlten sich die Menschen schlapp und klagten über Kopfschmerzen und Kreislaufprobleme. Wenn Petrella ehrlich war, musste sie zugeben, dass sie das so nicht gewünscht hatte. Sonne wollte sie und helle Tage, doch wusste sie nicht, wie sie das herzaubern konnte.

Am nächsten Tag musste Petrus unbedingt gegensteuern. Er drehte die Windrichtung um fast 180 Grad und beauftrage ein Hoch über Russland, sich über Norddeutschland auszubreiten. Trockene, klare Luft, allerdings auch kalten Ostwind führte dieses Hoch im Gepäck. Immerhin war es in Kürze an der Zeit, die Großwetterlage für Weihnachten zu bestimmen. Kalter Wind? Das passte Petrella überhaupt nicht und sie übte am nächsten Tag erneut, das Wetter nach ihrem Geschmack zu gestalten.

Auch ihr zweiter Versuch misslang. Petrus griff wieder ausgleichend ein und gestaltete die Temperaturen der Jahreszeit entsprechend. Unbeständiges und wechselhaftes Wetter verkündeten die Meteorologen auch für die kommenden Tage, ohne den Grund dafür zu kennen.

Petrus lachte sich schon ins Fäustchen, wenn er daran dachte, dass er für das Wetter am Heiligabend zuständig war. Heimlich hatte er Frau Holle instruiert, einige Hilfsbettenschüttler einzustellen.

Am 24. drehte Petrus die Windrichtung günstig, senkte die Temperaturen auf minus zwei Grad und orderte ein paar Schneewolken über Norddeutschland. Alle Menschen waren froh und dankbar für weiße Weihnachten. Zumindest die Norddeutschen!

Petrella wurde von ihren früheren Gesinnungs-genossen nicht weiter unterstützt und wenn sie ehrlich war, durfte sie nicht einmal traurig darüber sein.

Die Tannenhof-Mäuse

Alex erlebte bereits den dritten Winter auf dem
Tannenhof. Schon drei Jahre lang konnte der
Mäuserich seinen Feinden entkommen: den
Menschen, den Katzen und den Raubvögeln.
Drei Jahre – das war keine Selbstverständlich-
keit. In dieser Zeit hatte er schon den Tod un-
zähliger Familienangehöriger beklagen müssen.
Hier auf dem Tannenhof ließ er es sich gut
gehen, denn zum Fressen fand er genug. Mal
suchte er sich ein paar Getreide- oder Samen-
körner oder er inspizierte die leckeren Küchen-
abfälle. Einmal traute er sich sogar, die Küche
im Wohnhaus zu betreten. Gerade als er sich
einige Kuchenkrümel einverlcibt hatte, ging erst
ein Gezeter und dann die Jagd auf ihn los,
nachdem die Menschen ihn entdeckt hatten.

Noch nie konnte er verstehen, dass die Menschen ein lautes „Igiitt, eine Maus! Iiiihhh!" von sich gaben, wenn sie ihn oder Seinesgleichen begegneten.

Es sollte wieder Winter werden und Alex blieb die Unruhe auf dem Tannenhof nicht verborgen. Die große Hofscheune wurde blitzblank geputzt und weihnachtlich geschmückt. Die Menschen verhängten die Decke der Scheune mit einem weißen, schneegleichem Vlies und hängten kopfüber Tannenbäume darunter. Ein riesengroßer, wunderschön gewachsener Tannenbaum fand seinen Platz mitten in der Hofscheune und wurde weihnachtlich dekoriert.

Es wurde Zeit, dass Alex seine Artgenossen zusammenrief, um sie über das bevorstehende ungewöhnliche Geschehen auf dem Hof vorzubereiten. Schließlich hatten die Einjährigen und die naseweisen Jungtiere noch nie den Weihnachtsmarkt auf dem Hof erlebt. Alex sah es als seine Pflicht an, alle interessierten Mäuse in der Umgebung rechtzeitig zu unterrichten, bevor sie in die Winterstarre verfielen.

Zu mitternächtlicher Stunde erschienen tatsächlich siebeundvierzig Mäuse, die gebannt den Worten des weisen Alex lauschten.

„Passt mal auf", fing Alex an. „Ich vermute, dass alles so verlaufen wird, wie in den vergangenen Jahren. Ich erzähle euch erst einmal, was draußen passiert. Die Menschen schlagen unzählige Tannenbäume in unterschiedlicher Größe und bieten sie anderen zum Verkauf an. Ihr könnt beobachten, wie die Kunden die meist eingenetzten Bäume in ihren Autos verfrachten. Dann sehen sich die Käufer meist erst im Winterwald neben der Scheune um. Dort beobachten sie Kettensägen-Schnitzer bei der Arbeit, die tolle Figuren aus Holz zaubern. Am Lagerfeuer wird leckeres Stockbrot gebacken und an den Buden gibt es verschiedene Wurstwaren und Forellen zu kaufen, Kartoffelpuffer zu essen oder Glühwein zu trinken. Für jeden ist etwas dabei.

Passt auf, dass ihr nicht totgetrampelt werdet, denn es kommen sehr viele Besucher. Einige von ihnen unternehmen auch eine Kutschfahrt durch die Tannenfelder. Ich warne euch: Lasst die Pferdeäpfel liegen, auch wenn sie noch so lecker schmecken. Es ist viel zu gefährlich, weil es ein großes Gedränge geben wird."

„Dann gehe ich eben in die Scheune, da bin ich sicher", meldete sich Micky.

„Das denkst du auch nur", klärte Alex seine Cousine Micky auf und fuhr fort: „Der gesamte

Scheunenboden wird mit Holzspänen ausgelegt, damit es schön für die Gäste aussieht und sie warme Füße bekommen. In der Scheunenmitte werden Tische und Stühle aufgestellt, an denen die Gäste Torte, Bratwurst, Knipp oder Erbsensuppe essen können. Glühwein, Apfelpunsch, Winterbier, Kaffee und viele andere Getränke werden angeboten. Wenn ihr aber glaubt, ihr könntet euch gleich ein paar Reste ergattern, habt ihr euch getäuscht. Etliche junge Mädchen laufen mit Tabletts durch die Scheune und räumen sofort das schmutzige Geschirr wieder weg, damit alles sauber und ordentlich aussieht. Aber das ist längst noch nicht alles: Hobbyaussteller bieten ihre Ware an und hoffen auf interessierte Kunden. Da gibt es Patchwork-Arbeiten, Glückwunschkarten, Schmuck, Weihnachtsartikel, Tannenbaumschmuck,

Kerzen, Figuren aus Salzwiesengras gefertigt und vieles andere mehr."

Gebannt hatten vor allem die Mäuse zugehört, die zu jung waren, um den gemütlichen Adventstreff in der Hofscheune zu kennen. Es wurden noch etliche Fragen gestellt, die Alex geduldig beantwortete. Speedy wollte wissen: „Wie lange dauert der ganze Zauber überhaupt? Immerhin ist das eine immense Störung unserer Ruhe." Und das kleine Piepserle fragte: „Ist es auch laut? Ich bin doch so geräuschempfind-lich!"

„Einer nach dem anderen", schlug Alex vor. „Also, das ganze Spektakel dauert zwei Tagen. Es findet immer am dritten Adventswochenende statt und das ist in exakt drei Tagen. Vergesst aber nicht die ganze Vorbereitungszeit und die Tage, die die Menschen zum Aufräumen gebrauchen. Den ersten Tag danach ist der Chef bestimmt nur mit Geldzählen beschäftigt, denn es wird wieder mächtig was los sein, zumal es trockenes Wetter geben soll. Und nun zu dir, Piepserle: Ja, für Mauseohren wird es laut sein, denn ihr könnt Chorgesang hören. Ein Blasorchester und die Jagdhornbläser werden spielen. Vergesst auch nicht die Menschen, die ein Glas Glühwein mit Schuss zuviel getrunken haben, auch die können manchmal ganz schön laut sein. Na, und Kindergeschrei könnte es auch geben. Aber keine Angst, die meisten Menschen sind ganz verzückt und friedlich, wenn sie unseren Weihnachtsmarkt besuchen. Übrigens könnt ihr am Sonntagmorgen um zehn am Gottesdienst teilnehmen. Ist auch etwas ganz Besonderes, das sonst nur den Kirchenmäusen vorbehalten ist."

Die Mäuseschar war ganz ergriffen. Graumaus stellte noch eine Frage: „Wie können unsere Herren denn wissen, wie viele Bäume sie schlagen müssen? Was passiert denn mit denen, die nicht an diesen beiden Tagen verkauft wurden. Werden die alle weggeschmissen?"

„Nein, nein", beruhigte Alex sie: „Tannenbaumverkauf ist in der gesamten Adventszeit, täglich von acht bis achtzehn Uhr. Der ganz große Trubel findet nur am kommenden Wochenende statt. Genau abschätzen kann man die Stückzahl natürlich nicht, aber kurz vor Heiligabend macht manch ein Käufer sicher noch ein Tannenbaum-Schnäppchen.

Meine lieben Mitmäuse, ich habe euch nun über die Gefahren aufgeklärt, die auf euch zukommen könnten. Darum passt auf, dass ihr im Gedränge der Menschen nicht zu Schaden kommt. Ach, einen heißen Tipp habe ich noch für euch: Es ist ein großes Vergnügen, nachts, wenn sich alles beruhigt hat, durch die Holzspäne zu rasen oder Versteck zu spielen. Kleine Holzteilchen bleiben an eurem Fell hängen, so dass ihr fast wie panierte Mäuse ausseht. Das ist aber nicht schlimm. Das ist eben ein Riesenvergnügen für uns Mäuse, hier auf dem Weihnachtsmarkt in der Hofscheune."

Der Wampelmann

In der Regel wurde die Weihnachtsdekoration in den ersten Januartagen aus der Wohnung verbannt. Der Tannenbaum wurde geplündert und all die hübschen Dinge wurden sorgfältig verpackt und traten den langen Sommerschlaf an. Er hatte zwar Beine, aber darauf konnte er nicht stehen: Der Weihnachts-Hampelmann. In diesen originellen lustigen Gesellen hatten sich seine Besitzer vor Jahren verliebt und seitdem schmückte auch er deren Wohnung in der Advents- und Weihnachtszeit. Hängend war er knapp fünfzehn Zentimeter groß und aus Holz gefertigt. Unter einer rot-weißen Mütze strahlte sein drolliges Gesicht hervor. Sein Bart war ebenfalls aus Holz, nur die Haare bestanden aus einem weißen Fell. Vor dem roten Mäntelchen

hing der große, mit Geschenken gefüllte Sack.
Die Bändchen, die ihn zum Hampelmann machten, befanden sich zwischen Bauch und Rücken.
Zog man am Band, das zwischen seinen Beinen
heraus hing, spreizte er gleichzeitig Arme und
Beine. Mit den Händen berührte er jedes Mal
seine Ohren mit einem gut hörbaren „Klack".
Das auch er dann immer „Aua" schrie, blieb
dem Bandzieher verborgen, weil er zu leise war.
Im letzten Jahr hatten seine Besitzer vergessen.
ihn mit Engeln, Schneemännern und anderem
Weihnachts-Schnick-Schnack zu entfernen. Sie
ließen ihn einfach am Griff des Wohnzimmer-
schrankes hängen und nannten ihn jetzt
Wampelmann. Eben mehr Hampel- und nur
noch einen Hauch Weihnachtsmann im Namen.
Dem Wampelmann fehlte zwar der Sommerschlaf, doch es blieb ihm ja nichts anderes übrig,

als sich seinem Schicksal zu fügen. Er genoss es, wenn ihm der Staubwedel von Zeit zu Zeit durchs Gesicht fuhr, denn das kitzelte so schön. Was er aber nicht mehr ertragen konnte, war das Klack-Geräusch und das gleichzeitige Hoch-schnellen der Hände, die gnadenlos seine Ohren trafen. Und das passierte mehrfach in der Woche! Er hatte es so satt! Weshalb hörte keiner seine Schmerzensrufe?

Abends zog der Hausherr wieder am Bändchen und hielt es plötzlich in der Hand. Die Reparatur war unmöglich. Weil seine Besitzer ihn so liebgewonnen hatten, setzten sie ihn nun mit gespreizten Beinen ins Schrankfach. Ihm war klar, dass sein Name nicht mehr passte, denn er war weder Hampel- noch Weihnachtsmann. Aber er fürchtete schon, dass diese Sitzhaltung bald seine Hüften überlasten könnten.

Weihnachten – das Fest der Liebe

Welche Gedanken und Begriffe fallen einem Normalsterblichen zu Weihnachten ein?

Auf diese Frage erhielt ich häufig folgende Antworten:

Geschenke, Kerzen, Tannenbaum, Tannenduft, Weihnachtsmarkt und Weihnachtsmann.

Einige der Befragten nannten Christi Geburt, Kirche, Krippe und Christmette.

Anderen schien das leibliche Wohl sehr wichtig zu sein, denn sie zählten Gänsebraten, Fondue, Festmahl, Lebkuchen und Glühwein auf. Etwas leiser wurde von diesen auch Gewichtszunahme, Weihnachtsspeck und Hüftgold genannt.

Wieder anderen waren Begriffe wie Urlaub, Brückentage und Ausschlafen wichtig.

Da gibt es noch eine weitere Gruppe von Menschen, doch konnte ich aus dieser keinen nach seiner Meinung befragen. Es ist die Gruppe der „Spitzbuben", die vor dem Fest rechtzeitig ihre Pläne ausklügeln, um sich etwas Kleingeld zu verschaffen. Die Medien berichten häufig vor Weihnachten über kuriose ausgefallene Ideen, welche die Langfinger in die Tat umsetzten. Einer dieser Kleinkriminellen könnte Matthias sein, den sie Matze nannten. Menschen wie Matze werden wohl niemals aussterben.

Ein ganz böser Weihnachtsmann

Seine Freunde nannten ihn Matze, doch seitdem er arbeitslos war, konnte er die Anzahl seiner Freunde an einer Hand abzählen. Zeit hatte Matze reichlich, sein Geld reichte allerdings höchstens bis zum zwanzigsten eines Monats. Er grübelte, wie er diesen Zustand gründlich ändern konnte. Wenigstens vorübergehend! Wenigstens jetzt zu Weihnachten! Wenn er schon auf ehrliche Weise kein Geld verdienen konnte, musste er eben das auf eine krumme Tour versuchen. Aber wie?

Schließlich brachten Matzes Grübeleien ein Ergebnis und er stellte schon mal eine Einkaufsliste zusammen. Sobald er den Geldeingang für den Dezember auf seinem Konto registrieren konnte, legte er los und besorgte in einem

Sonderpostenmarkt einen Weihnachtsmann-Mantel. Er entschied sich für den günstigsten für sechs Euro fünfzig, der musste für seine Zwecke reichen. Immerhin war noch ein schneeweißer Rauschebart dabei. Dann suchte er in der Gardinenabteilung eines Kaufhauses nach Stoffresten. Zum Glück wurde er fündig und kaufte ein Stück bräunlichen derben Vorhangstoff und einen Rest in ähnlicher Größe. Ihm war das rosa Blütenmuster auf dem feinen Stoff egal, immerhin war er spottbillig. Außerdem erstand er jeweils zwei Meter grüne und rote Kordel. Mit den Stoffresten ging Matze schnurstracks zu Ali, einem türkischen Änderungsschneider, den er aus der Döner-Bude kannte.

„Ey, Mann, näh mir mal zwei Säcke, so ungefähr 60 mal 90 Zentimeter. Aber die brauche ich ganz schnell! Also dalli, dalli!"

Ali schnappte sich einen Zettel aus seinem Auftragsbuch und notierte: Ein Sack rosa, ein Sack braun und setzte die Größenangabe dazu.

„Quatsch, Alter", stellte Matze klar. „Eine Seite braun, eine Seite rosa! Und oben muss ich eine Kordel durchziehen können. Diese hier!"

Ali schüttelte verwundert den Kopf, zerriss den Auftragszettel und schrieb einen neuen, auf den er jetzt schrieb: zwei Säcke 60 x 90 Zentimeter eine Seite braun, eine Seite rosa, mit Tunnel.

„Sind nächste Woche fertig", fügte Ali hinzu.

„Ey, spinnst du, Alter? Das machst du heute! Heute, hast du gehört? Ich komme kurz vor sechs wieder."

Alis Einwände, dass er noch fünfzehn Hosen zu kürzen habe, hörte Matze nicht mehr. Eilig verließ er die Schneiderei, um sich in den Super- märkten nach günstigen Weihnachtssüßigkeiten umzusehen. Teure Markenschokolade kam für sein Vorhaben nicht in Frage, er hielt Ausschau nach Cellophantüten, die mit Schokoladenfiguren eines Billiganbieters gefüllt waren. Nachdem er das Angebot in vier verschiedenen Märkten verglichen hatte, gönnte er sich vor dem Eingang des Supermarktes trotz Kälte erst einmal eine Dose Bier. Hier traf er auf ein paar andere junge Männer, die so wie er, hartzten. Gern hätte Matze mit ihnen noch mehr Zeit verbracht, doch er hatte es eilig. Er musste noch einmal zurück zum zweiten Discounter, weil dessen Angebot das günstigste war. Hier kaufte er zehn Beutel, gefüllt mit Schokoladenhohlkörpern in Form von Kugeln und Zapfen und einem Weihnachtsmann. Dann hetzte er zurück in seine Wohnung und probierte erst einmal den Weihnachtsmann-Mantel an. Enttäuscht betrachtete er sein Spiegelbild. Auch Matze stellte sich einen Weihnachtsmann immer im fortgeschrittenen Alter vor, mit gütigen Augen und ein paar Runzeln auf der Stirn. Etwas Bauch konnte auch nicht schaden.

Matze dagegen war mager wie eine Bohnenstange. Falten auf seiner dreiundzwanzigjährigen Stirn und einen dicken Bauch hatte er nun gar nicht zu bieten. Seine Augen blitzten eher kalt und berechnend. Er kramte den weißen Rauschebart aus der Plastiktüte, dessen statische Aufladung nicht zu unterschätzen war. Egal, Matze schlang das Gummiband um den Hinterkopf und zog die viel zu große Kapuze über die Ohren. Er musste selbst einsehen, dass er keineswegs wie ein ehrfürchtiger Weihnachtsmann aussah. Doch das musste fürs erste reichen. Wenn sein Geschäft gut lief, konnte er sich vielleicht einen besseren Mantel kaufen.

Kurz vor Feierabend ging er noch einmal zu Ali, um die Säcke abzuholen. Säcke? Dem Ali musste er jetzt erst einmal beibringen, dass er noch beide Säcke zusammen nähen musste, und zwar so, dass der braue Stoff jeweils auf der Außenseite war.

Trotz seiner zahlreichen Aufträge hatte Ali die Säcke fertig und legte sie auf den Tresen, als er Matze sah und sagte: „Das habe ich nur so schnell gemacht, weil du es bist."

„Ich wusste doch, dass du ein echter Kumpel bist. Aber du bist noch nicht ganz fertig. Jetzt musst du noch beide Säcke zusammen nähen, die rosa Seite nach innen, damit das ein Doppel-sack wird! Ich geb auch einen aus!"

Ali fiel die Kinnlade herunter: „Das geht nicht!"

„Wieso soll das nicht gehen?", fragte Matze und war schon ziemlich genervt.

„Guck doch selbst. Ganz einfach, weil dann der eine Tunnelzug oben und der andere unten ist. Das hättest du mir eher sagen müssen. Was willst du eigentlich damit anfangen?"

Das verriet Matze natürlich nicht. Die Stimmen der beiden Männer wurden schon etwas lauter. Matze musste sich sehr zurücknehmen, denn er wusste im Grunde, dass Ali Recht hatte.

„Gut", lenkte Ali ein. „Ich nähe dir das so, wie du es haben willst. Aber du musst mir helfen und den einen Tunnelbund und die untere Naht schon mal auftrennen."

„Auftrennen? Das kann ich nicht!"

„Dann such dir einen anderen Dummen, der dir deine komischen Säcke näht!"

Es dauerte nicht lange, bis Ali die Ladentür schloss, denn es war längst Feierabend. Er hatte Matze ein Trennmesser in die Hand gedrückt und amüsierte sich darüber, wie ungeschickt der damit umging. Nach gut einer Stunde war die Arbeit geschafft und Matze hatte einen Sack, so wie er ihn sich gewünscht hatte: in der Mitte geteilt und oben mit einer roten Kordel auf der einen und einer grünen auf der anderen Seite. Er war sehr erleichtert und spendierte Ali einen Döner.

Zuhause rechnete Matze die Ausgaben für seine Investition zusammen. Er hatte schon allerhand für Stoff, Kordel, Weihnachtsmannmantel und die Süßigkeiten ausgeben müssen. Am kommenden Wochenende war bereits der zweite verkaufsoffenen Samstag und da wollte er zum ersten Mal auf Beutetour gehen. Er verstaute schon mal die Süßigkeiten auf der grün-kordeligen Seite und stellte erschrocken fest, dass der Sack trotz seines Inhalts ziemlich leer erschien. So ging das nicht. In seiner Rumpel-ecke fand er etliche leere Plastiktüten, die er locker zusammenknüllte und sie unter die Beutel mit den billigen Leckereien legte. So sah das schon wesentlich besser aus. Einmal noch schlafen, dann würde er sich eine Fahrkarte besorgen, um die Großstadt zu erreichen, die etwa zwanzig Kilometer von seinem Wohnort entfernt lag. Matze war schon ganz aufgeregt und träumte nachts von einer reichen Beute. Ein Weihnachtsmann war in den Augen der Menschen ein guter Mann und keiner würde ihm zutrauen, dass er gleichzeitig Kinder beschenken und Erwachsene beklauen würde.

Nachmittags gegen halb vier machte Matze sich auf den Weg. Alles, was er für sein Vorhaben brauchte, hatte er in einer großen Plastiktüte verstaut. Brav zog er seinen Fahrschein am Automaten, denn er durfte an diesem Tag nicht riskieren, als Schwarzfahrer ertappt zu werden. Im Kaufhaus verschwand er zunächst in der Toilette, um sich dort als Weihnachtsmann zu verkleiden. Dann stürzte er sich in das Einkaufs-getümmel und beobachtete die Kunden genau. Am besten, er konzentrierte sich auf Einzel-personen mit nervigem Kleinkind und mehreren Einkaufstüten. Welche, die gerade an der Kasse bezahlen wollten. Sein erster Versuch klappte perfekt. Nachdem Matze dem plärrenden Kind einen Beutel Süßigkeiten geschenkt hatte, schnappte er zu und erwischte heimlich eine der Einkauftstüten der Mutter und sogar noch deren

Geldbörse. Unbemerkt verschwand beides auf der Sackseite mit der roten Kordel. Die Frau hatte nichts bemerkt, denn sie hatte immer noch viel zu tragen und sich um das Kind zu kümmern. Dieser Erfolg ermutigte Matze ungemein, doch besser erschien es ihm, die Etage zu wechseln. In der Sportabteilung war er besonders erfolgreich. Schon neun Schokoladenbeutel hatte er verteilen können und im Gegenzug soeben gekaufte Ware von Kunden und fünf Mal sogar eine Geldbörse ergattert. Sein präparierter Sack war schon ordentlich gefüllt und es war an der Zeit, bald Feierabend zu machen. Einmal hatte er ein neues Opfer im Visier, musste aber umgehend das Terrain verlassen, weil ein anderer Weihnachtsmann auf der Bildfläche erschien.

Er freute sich schon wie ein Schneekönig darauf, zuhause seine Beute zu sichten. Es würde ein Abend voller Überraschungen werden Er musste nicht befürchten, dass ihn am Ausgang irgendwelche Piepstöne als Dieb entlarvten, denn er hatte schließlich nur bezahlte Ware in seinem Sack. Sein Plan war genial! Er war bereits auf dem Weg, das Kaufhaus zu verlassen, als ihm einfiel, dass es besser sei, sich seiner Weihnachtsmann-Utensilien zu entledigen. Vor allem nervte ihn der blöde weiße Synthetik-Bart. Rasch zog er sich in der Toilette um, stopfte all sein ergaunertes Hab und Gut in die große Einkaufstüte, um sich dann auf dem Heimweg zu machen. Im Zug war seine Ungeduld kaum zu bremsen. Am liebsten hätte er umgehend seine Schnäppchen angeschaut.

Als Matze seine Wohnung erreicht hatte, meldete sich zunächst großer Appetit. Doch erst stillte er seine Neugier und dann den Hunger. Dreihundertvierundneunzig Euro Bargeld hatte er sich tatsächlich ergaunert. Die Ausweispapiere, Scheck- und Kreditkarten, die Krankenkassenkarten und was er sonst an Plastik-Cards fand, legte er zunächst zur Seite. Er musste erst überlegen, was er damit anfangen konnte. Dann kramte er eine Überraschungstüte nach der anderen aus. Es war kein Wunder, dass er mehr Damen- als Herrenartikel darin fand, denn er hatte ausschließlich Frauen bestohlen. Matze zog ein langes Gesicht, als er als erstes einen Badeanzug auskramte. In den anderen Tüten fand er Kinderspielzeug, Damenunterwäsche, ein großes Duschtuch, Briefpapier, ein Buch mit Backrezepten und einen Karton Edelpralinen. Er rümpfte die Nase, die Bescherung hätte durchaus günstiger für ihn ausfallen können. Nun gut – es lag jeweils der Kassenbon dabei, so dass er am Montag zunächst auf Umtausch-Tour gehen musste. Das Duschtuch und die Pralinen würde er für sich behalten, immerhin etwas. Er schaute nach, was sein Kühlschrank noch zu bieten hatte, denn er hatte keine Lust mehr, die Wohnung noch einmal zu verlassen. Seine ungewohnten Aktivitäten hatten ihn früh müde werden lassen. Wenn er alles zusammenrechnete, Bargeld und Diebesgut, konnte er fast sechshundert Euro auf der Habenseite verbuchen. Eigentlich wollte er an Montag den Tatort wechseln, doch wegen der Umtauscherei war es erforderlich, im selben Kaufhaus sein Unwesen zu treiben. Als erstes kaufte er wieder ein paar Beutel mit Weihnachtssüßigkeiten für die

Kinder. Dann musste er ganz genau planen, was er wie und wo zu verpacken hatte. Gegen Mittag machte er sich auf den Weg. Seine Planung stimmte und er erfand an den Kassen die passenden Ausreden, um sich den Waren-wert auszahlen zu lassen.

Bevor er wieder die Weihnachtsmannkluft anzog, bestellte er sich zur Stärkung eine üppige Mahlzeit.

Satt und zufrieden zog er sich in die Wasch-räume zurück, um sie als Weihnachtsmann zu verlassen. Heute wollte er besser aufpassen, um gezielter stehlen zu können. Doch es kam, wie es kommen musste. Es waren meistens Mütter mit Kleinkindern unterwegs. Manchmal auch ganze Familien, doch es schien ihm zu gefähr-lich, bei denen seine Langfinger auszustrecken.

Erstaunlich schnell bekam Matze Routine und hatte in kurzer Zeit schon fünf Kinder beglücken und ebenso viel Mütter beklauen können.

„Hast du Wolfgang heute schon gesehen?", fragte einer der Kaufhausdetektive seinen Kollegen.

Der antwortete: „Meinst du unseren Weihnachts-mann Wolfgang?"

„Ja, wen denn sonst. Ich glaube, der hat in diesem Jahr Jubiläum. Zehn Jahre lang kommt er schon hierher. Der hat schon so manches Kind glücklich gemacht. Aber siehst du nicht auch, was ich sehe? Da läuft doch ein ganz anderer Weihnachtsmann – so eine Bohnen-stange! Das ist nie im Leben unser dicker alter Wolfgang!"

Beide Detektive starrten auf den Monitor und konzentrierten sich auf Matze.

„Du, schalt' mal eben zurück! Siehst du, was ich sehe? Ist ja verrückt, der verteilt Süßigkeiten an die Kinder und sein Sack wird immer voller statt leerer. Da stimmt was nicht!"

Matze wusste nicht, dass die Kaufhausdetektive ihn schon seit einiger Zeit beobachteten. Zwei Kunden hatten bereits ihr Portemonnaie vermisst und den Verlust an der Kasse gemeldet. Irgendwie hatte Matze plötzlich ein komisches Gefühl in der Magengrube und hielt es für besser, seine Aktionen zumindest vorerst abzubrechen.

Gerade als er das Kaufhaus mit einem breiten Grinsen unter seinem Bart verlassen wollte, wurde er von zwei Detektiven angesprochen: „Was bist du denn für ein Weihnachtsmann?

Verteilst Geschenke an die Kinder, aber dein Sack wird immer voller? Willst du uns zeigen, was in deinem Sack steckt oder lieber der Polizei?"

Matze wurde vor Schreck so weiß im Gesicht wie sein Rauschebart Sein Traum von einem sorglosen Weihnachtsfest ganz schnell aber gründlich ausgeträumt.

Christa Bohlmann
geb. 1945, verheiratet, Bankkauffrau
seit Jan. 2008 im Ruhestand

Bereits veröffentlicht:
2000 **Erinnerungen**
       Es ist im Leben nie zu spät, wenn endlich
       dir ein Licht aufgeht.
       Heitere Schmunzelgeschichten aus den
       50er/60er-Jahren
       Eigenverlag

2001 **Mixed-Pickles**
       Anekdotensammlung: Wirkliches,
       Erlauschtes. Erlebtes, Erdachtes
       Eigenverlag

2002 **Kein Schatten ohne Licht**
       Diagnose Brustkrebs
       BoD ISBN 3-8311-4268-8

2003 **Die Buschs**
       Blicke hinter die Kulisse einer Kleinstadt-
       Idyllc, Roman
       BoD ISBN 3-8311-4926-7

2005 **Kalle Korn**
Aus dem Leben eines Ermittlers, Roman
BoD ISBN 3-8334-2589-X

2006 **Bad Meinberg – einmal anders gesehen**
Fantastische Erzählung
BoD ISBN 9-783837-024462-3

2009 **Weihnachtliche Herzenswärmer**
Wahre und fantastische Kurzgeschichten
BoD ISBN 9-783839-13269-2

2010 **Auf's Mäulchen geschaut**
Anekdotensammlung von Kindern für
Erwachsene
BoD 9-783839- 121337